글 기무라 유이치

도쿄에서 태어나 다마 미술대학을 졸업했습니다.
현재 어린이책, 희곡, 만화, 작사 등 여러 분야에서 활약하고 있습니다. 유아에서 어른까지 폭 넓은 독자층을 대상으로 600권 이상의 작품을 펴냈습니다.
"폭풍우 치는 밤에"로 고단샤출판문화상그림책상과 산케이어린이출판문화상을 받았습니다. 주요 작품으로 "폭풍우 치는 밤에" 시리즈와 "흔들흔들 다리에서", "구덩이에서 어떻게 나가지?", "나들이", "엄마~~~아!" 등이 있습니다.

그림 다카하시 카즈에

가나가와현에서 태어나 도쿄 예술대학을 졸업했습니다.
일러스트레이터 겸 그림책 작가로 활동 중입니다.
주요 작품으로 "다람쥐 전화", "오늘 참 예쁜 것을 보았네", "졸려 졸려 크리스마스" 등이 있습니다.

옮김 황진희

그림책으로 세상을 읽고 소통하는 번역가입니다.
7년여 일본에서 살았고, '일본 그림책 미술관 여행'을 기획하여 많은 이들에게 그림책의 세계를 알리고자 합니다. 현재 '황진희그림책테라피 연구소'를 운영합니다.
"내가 엄마를 골랐어!", "하늘을 나는 사자", "태어난 아이", "나무는 아무 말도 하지 않는단다", "옛날 옛날에 내가 있었다" 등의 작품을 우리말로 옮겼습니다.

너니까
좋은 거야

기무라 유이치 글 · 다카하시 카즈에 그림
황진희 옮김

만일 네가…

잠에서 막 깨어났을 때처럼
머리가 헝클어져 있어도……

울고 난 것처럼
눈이 빨갛고 퉁퉁 부어 있어도……

맨 얼굴에
구겨진 옷을 입고 있어도……

구멍 난 양말에
지저분한 신발을 신고 있어도……

멋진 액세서리를 하지 않아도……

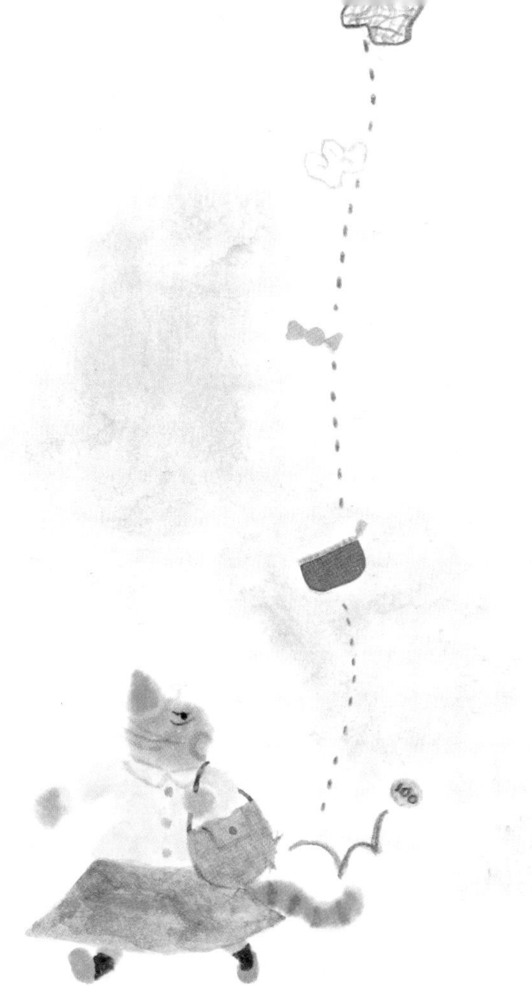

늘 덤벙거려도……

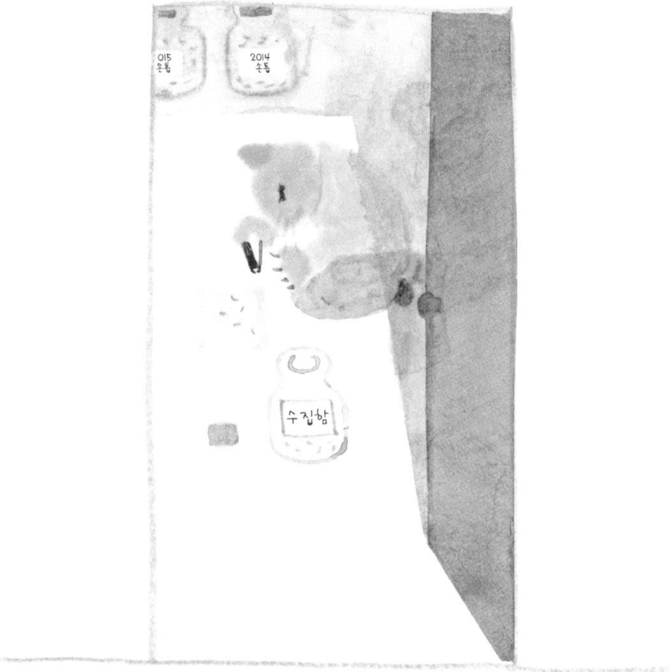

남들에게 들키고 싶지 않은 버릇이나
숨기고 싶은 과거가 있다 해도

쫓기듯이 불안해 보여도……

한자를 쓸 줄 몰라도

계산이 느려도

존댓말을 쓰지 않아도

기억력이 나빠도……

다리가 굵어도

원형 탈모가 있어도

털이 많아도

얼굴이 커도

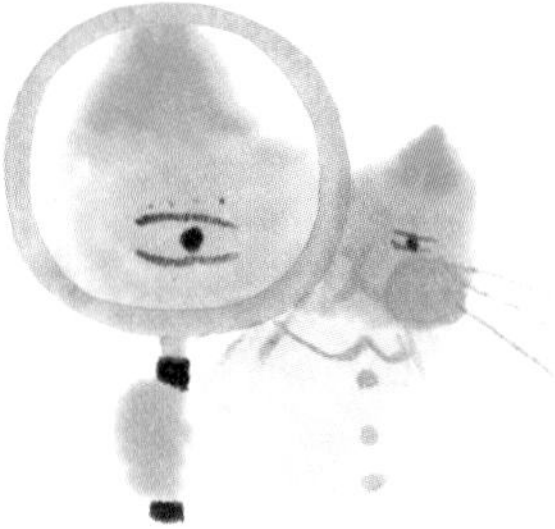

속눈썹이 짧아도

수염이 있어도

입술이 두꺼워도

가슴이 작아도

뚱뚱해도

엉덩이에
푸른 점이 있어도

배꼽이 불룩 튀어나와 있어도……

못난이!
못난이!
못난이 반대!
못난이는
안 돼! 안 돼!
못생긴 애는
오지 마!
못난이!
못난이다!
못생겨서
싫어!
못난이!
못난이!
못난아!
못난이!
못난이!

남들이 모두 못생겼다고 해도……

할머니가 되어도……

고집쟁이에다
가끔 심술을 피워도……

그게 너라면……

지금 그대로의 네가 좋아.

그게 너니까.

초판 발행 2018년 12월 25일 | **2쇄 발행** 2019년 10월 25일
글 기무라 유이치 | **그림** 다카하시 카즈에 | **옮김** 황진희
펴낸곳 계수나무 | **펴낸이** 위정현 | **출판등록** 2001. 1. 9. 제10-2091호
주소 10881 경기도 파주시 회동길 483(문발동 635-2)
전화 편집부 (031)948-6288 영업부 (031)948-8765, (070)4243-6504
팩스 (031)948-6621 | **이메일** gesunamu21@hanmail.net
블로그 blog.naver.com/gesunamu21 | **홈페이지** www.gesunamu.co.kr
페이스북 facebook.com/gesunamu | **인스타그램** instagram.com/gesunamu21

ISBN 979-11-87914-15-0 02830

「이 도서의 국립중앙도서관 출판예정도서목록(CIP)은 서지정보유통지원시스템 홈페이지(http://seoji.nl.go.kr)와 국가자료공동목록시스템(http://www.nl.go.kr/kolisnet)에서 이용하실 수 있습니다.(CIP제어번호: CIP2018038454)」

어린이제품안전특별법에 의한 제품 표시
제조자명 계수나무 **제조 연월** 2019년 10월 **제조국** 대한민국 **사용 연령** 13세 이상
주의 사항 종이에 베이거나 긁히지 않도록 조심하세요. 책 모서리가 날카로우니 던지거나 떨어뜨리지 마세요.